KT-368-261

UNA FESTA SORPRESA

PAT HUTCHINS

UNA FESTA SORPRESA

kalandraka

Títol original: *A Surprise Party*

Col·lecció llibres per a somniar

© del text i de les il·lustracions: Pat Hutchins, 1991
Publicat d'acord amb Aladdin, un segell editorial de Simon & Schuster Children's Publishing Division
© de la traducció: Maria Lucchetti, 2016
© d'aquesta edició: Kalandraka Editora, 2016

Rúa de Pastor Díaz, 1, 4t. A - 36001 Pontevedra
Tel.: 986 860 276
editora@kalandraka.com
www.kalandraka.com

Imprès a la Xina
Primera edició: gener, 2016
ISBN: 978-84-8464-960-1
DL: PO 493-2015
Reservats tots els drets

per a en MORGAN

–Demà faré una festa –xiuxiueja el Conill–.
És sorpresa.

–Demà el Conill collirà ginesta –xiuxiueja el Mussol–.
És sorpresa.

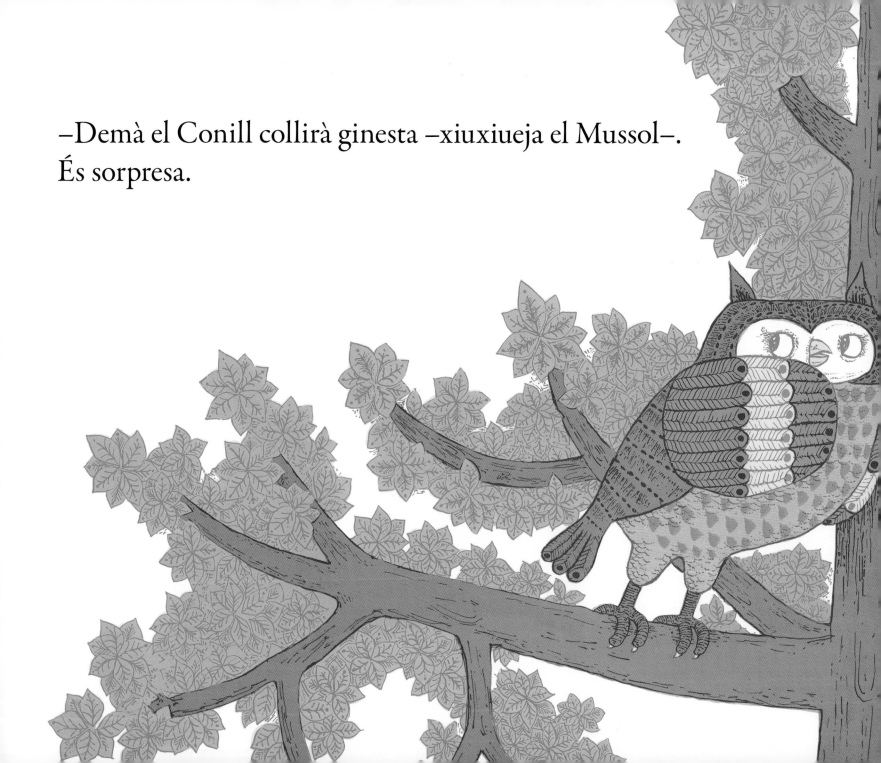

–Demà el Conill farà una sesta –xiuxiueja l'Esquirol–.
És sorpresa.

–Demà el Conill farà una protesta –xiuxiueja l'Ànec–.
És sorpresa.

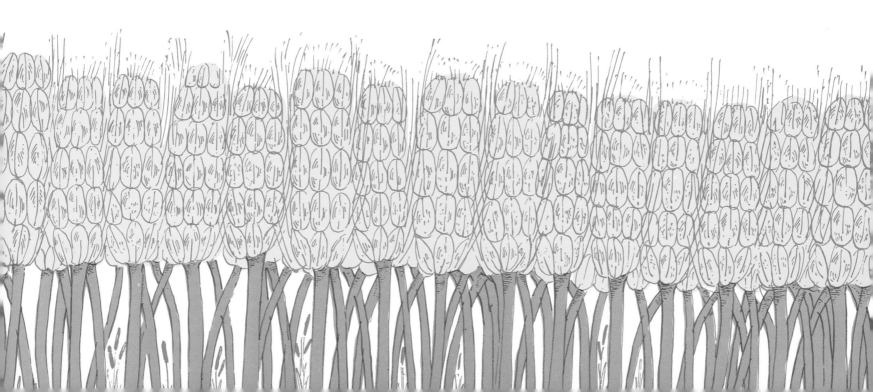

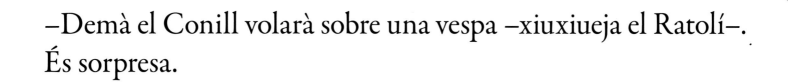

–Demà el Conill volarà sobre una vespa –xiuxiueja el Ratolí–.
És sorpresa.

–Demà el Conill es menjarà tota la gespa –xiuxiueja la Guineu–.
És sorpresa.

«Recitarà una gesta? –pensa la Granota–.
Una altra vegada. Que avorrit!»

L'endemà el Conill se'n va a veure la Granota.

–Vine amb mi, Granota –li diu–.
Tinc una sorpresa per a tu.

–No, gràcies –diu la Granota–.
Ja conec la teva gesta. Em fa venir son.

I s'allunya fent saltirons.

I el Conill se'n va a veure la Guineu.

–Vine amb mi, Guineu –li diu–.
Tinc una sorpresa per a tu.

–No, gràcies –diu la Guineu–.
No vull que et mengis la gespa.
Quines coses de fer!

I toca el dos.

I el Conill se'n va a veure el Ratolí.

–Vine amb mi, Ratolí –li diu–.
Tinc una sorpresa per a tu.

–No, gràcies –diu el Ratolí–.
On s'és vist un conill volant
sobre una vespa? Fins i tot jo
sóc massa gros per fer-ho.

I el Ratolí es fa fonedís.

I el Conill se'n va a veure l'Ànec.

–Vine amb mi, Ànec –li diu–.
Tinc una sorpresa per a tu.

–No, gràcies –diu l'Ànec–.
L'Esquirol m'ha dit que volies fer una protesta.
Ja està bé de queixar-te de tot.

I l'Ànec s'escapoleix.

I el Conill se'n va a veure l'Esquirol.

–Vine amb mi, Esquirol –li diu–.
Tinc una sorpresa per a tu.

–No, gràcies –diu l'Esquirol–.
Ja sé que te'n vas a fer una sesta,
però jo tinc molta feina.

I l'Esquirol s'enfila arbre amunt.

El Conill se'n va a veure el Mussol.

–Mussol –li diu–, no sé què ET penses que faré, però

FAIG UNA FESTA!

I ara sí, el missatge arriba clar i català.

–Una festa? –exclamen–. Per què no ens ho deies?
–Una festa! Que bé!

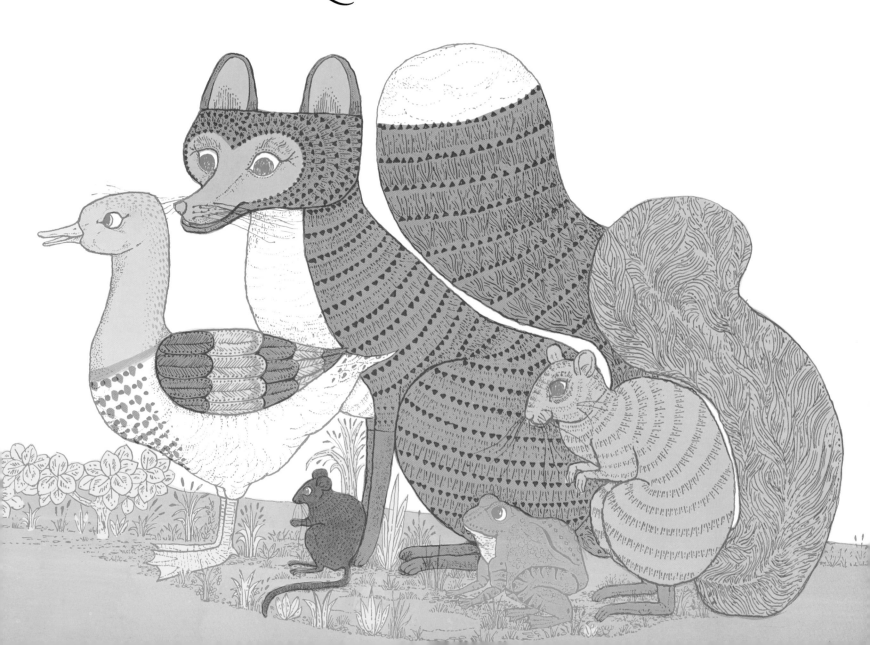

I fan una festa magnífica.
Una festa sorpresa!

KT-368-260

UNA FIESTA SORPRESA

PAT HUTCHINS

UNA FIESTA SORPRESA

kalandraka

Título original: *A Surprise Party*

Colección libros para soñar®

© del texto y de las ilustraciones: Pat Hutchins, 1991
Publicado con el acuerdo de Aladdin, un sello editorial de Simon & Schuster Children's Publishing Division
© de la traducción: Sandra Senra Gómez y Óscar Senra Gómez, 2016
© de esta edición: Kalandraka Editora, 2016

Rúa de Pastor Díaz, n.º 1, 4.º A - 36001 Pontevedra
Tel.: 986 860 276
editora@kalandraka.com
www.kalandraka.com

Impreso en China
Primera edición: enero, 2016
ISBN: 978-84-8464-958-8
DL: PO 492-2015
Reservados todos los derechos

para MORGAN

–Mañana daré una fiesta –susurró Conejo–.
Es una sorpresa.

–Mañana Conejo dormirá una siesta –susurró Búho–.
Es una sorpresa.

—Mañana Conejo viajará con su maleta —susurró Ardilla—.
Es una sorpresa.

–Mañana Conejo volará en avioneta –susurró Pato–.
Es una sorpresa.

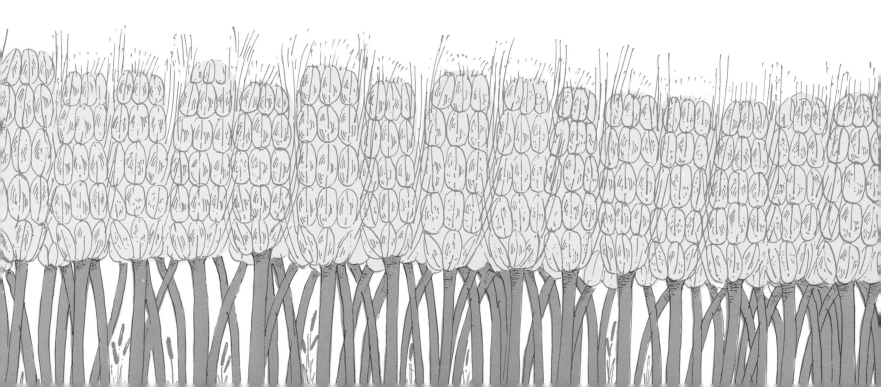

–Mañana Conejo montará en una mofeta –susurró Ratón–.
Es una sorpresa.

–Mañana Conejo entrará en la caseta –susurró Zorro–.
Es una sorpresa.

«¿Que quiere ser poeta? –pensó Rana–.
Seguro que sus poemas son muy aburridos.»

Al día siguiente, Conejo fue a ver a Rana.

–Ven conmigo, Rana –le dijo–.
Tengo una sorpresa para ti.

–No, gracias –dijo Rana–.
Tus poemas me harán dormir.

Y se alejó dando saltos.

Conejo fue a ver a Zorro.

–Ven conmigo, Zorro –le dijo–.
Tengo una sorpresa para ti.

–No, gracias –dijo Zorro–.
No quiero entrar contigo en la caseta.
¡Me echarán a mí la culpa!

Y se fue corriendo.

Conejo fue a ver a Ratón.

–Ven conmigo, Ratón –le dijo–.
Tengo una sorpresa para ti.

–No, gracias –dijo Ratón–.
¿Montar sobre una mofeta?
No soporto su mal olor.

Y Ratón se escapó corriendo.

Conejo fue a ver a Pato.

–Ven conmigo, Pato –le dijo–.
Tengo una sorpresa para ti.

–No, gracias –dijo Pato–. Ardilla me ha dicho que vas a volar en avioneta. Creo que eres demasiado mayor para hacer ese tipo de cosas.

Y Pato se alejó contoneándose.

Conejo fue a ver a Ardilla.

–Ven conmigo, Ardilla –le dijo–.
Tengo una sorpresa para ti.

–No, gracias –dijo Ardilla–.
Ya sé que vas a hacer la maleta,
pero me entristecen las despedidas.

Y Ardilla trepó veloz por el árbol.

Conejo se fue a ver a Búho.

–Búho –le dijo–, no sé qué crees que voy a hacer, pero...

¡CELEBRO UNA FIESTA!

Y esta vez todo el mundo lo oyó con claridad.

–¡Una fiesta! ¿Por qué no lo has dicho antes?
–¡Una fiesta! ¡Qué bien!

Y fue una gran fiesta.
Una fiesta sorpresa.